WIR SIND SCHÖN
(nicht nur die anderen) **Das soll der Titel des Buches sein**

ich bin zu dick-
ich hab zu kurze Beine-
mein Busen ist zu klein, zu groß-
mein Bauch ist zu dick-
ich mag mein ... nicht-
etc

Ich höre immer mindestens 1000 Gründe, weshalb ich keine
Aktfotos von Frauen machen kann oder warum es besonders
schwierig sein wird, genau von "mir" erotische Fotos zu machen.
Dagegen finde ich als Fotografin und in dieser Hinsicht
"Fachfrau für Schönheit", dass alle meine bisherigen Modelle
schön waren und sind.
Die ganzen Erfahrungen aus den Jahren der Aktfotografie
sind so interessant und auch lustig, dass ich unbedingt ein Buch
darüber schreiben möchte.
Es ist jetzt 3:00 Uhr nachts und ich muß morgen arbeiten;
aber dieser Gedanke läßt mir keine Ruhe. Also fange ich
schon einmal an, bevor meine vielen Gedanken zu diesem
Thema über Nacht wieder verflogen sind.
Übernächste Woche haben wir wieder unser monatliches
Frauentreffen ich hoffe, dass meine Frauen mir helfen,
dieses Buch zu verwirklichen...
So gerne würde ich die kleinen Geschichten zu jeder
einzelnen erzählen. Die Entwicklung von "ich bin zu dick" bis
"wann wollen wir wieder Fotos machen".
Wir fangen mit den Augen an und dann...
Nicht nur meine Augen sind schön!
Du weißt, wer gemeint ist, Verena?

Der "Weyher Hausfrauenbund", Freundinnen und Kolleginnen, die plötzlich mitmachen bei erotischen, aber auch lustigen "Shootings". Das alles kann doch nicht nur unter uns bleiben. Wir haben immer soviel Spaß dabei. Einen kleinen Anteil daran sollten wir auch anderen gönnen.

Natürlich soll das Buch hauptsächlich aus Bildern bestehen - aber ich möchte unbedingt, dass Ihr mir helft, zu erzählen.

Wir müssen beim nächsten Treffen anfangen, sonst habe ich zu viele schlaflose Nächte vor mir. Wenn ich erst einmal eine Idee im Kopf habe....

Ich hoffe, Ihr haltet mich nicht für verrückt !

So, jetzt kann ich hoffentlich besser einschlafen, sonst wird es morgen (eher gesagt heute) nichts mit guten Fotos für die Firma.

Grüße von der ....

Angelika

So fing dieses Projekt an:

also wie immer mit einer leicht verrückten Idee!!!

Und wie immer war diese Idee dann fest im Kopf -
aber noch lange nicht realisiert. Eine schrecklich lange
Zeit passierte nichts.
Es gibt eben noch den ALLTAG. Und der muß auch
erledigt werden. - schade -

Hier stelle ich einen Teil der Mitwirkenden vor.
Leider sind auf keinem der Fotos alle zusammen zu sehen,
aber auf den folgenden Seiten wird jede Frau ihren "Auftritt" haben.

Also nenne ich jetzt erst einmal alle Akteurinnen:
Daniela (Dani), Sabina (Maria), Susanne (Susi), Heike (Blondie),
Rosi (Rosita), Verena (Berena), Jeanette, Bettina, Anja (Anjanita),
Tanja (Tanjamaus), Elke (Frau Heidenreich), Brigitte (Brieschit)
Gabriele (Gabi), Imke, Regina, Maike, Steffi, Eva, Martina (blond).
Birgit,

Ich glaube nicht, daß ich alle richtig aufgezählt habe -
das wieder zum Perfektionismus...   .

Alles fing 'mal so locker an:
Ein Bekannter eröffnete 1998 ein Fitness Studio in Oyten,
bei Bremen. Er wußte, dass ich erotische Fotos mache.
Also ist doch eine gute Idee, zur Eröffnung des Studios,
eine kleine Ausstellung mit meinen Bildern zu machen.

Erst fand ich die Idee auch ganz toll - aber dann !!!
Vorbei mit "Lockersein".
Ich konnte keine Nacht mehr richtig schlafen.
Was würden die Leute bloß sagen. "Ist die jetzt
größenwahnsinnig geworden? Solche Fotos kann doch
jeder machen. Und damit macht die 'ne Ausstellung."
Am liebsten hätte ich einen Rückzieher gemacht.
Plötzlich waren von den für das Aufhängen vorgesehenen
Bildern nur noch 3 Stück gut genug, um sie den anderen
zu zeigen.
Gut, dass ich nicht mehr zurück konnte.

Die Gespräche mit den Besucherinnen der Ausstellung
waren echt interessant. Insbesondere die Annahme aller
Betrachter innen, dass auf den Fotos bestimmt nur
Profimodelle zu sehen seien.
Außerdem tat es meinem Ego natürlich gut zu hören,
dass die meisten Leute begeistert von den Bildern waren.
An dem Abend gab es schon die ersten Anfragen zukünftiger
Modelle :)

Vor jeder weiteren Ausstellung habe ich mich genauso
gefürchtet - aber im Nachhinein hat mich auch jede
dieser Aktionen weitergebracht.
Wenn ich nur etwas organisierter arbeiten würde !
Ich kann ziemlich gut improvisieren - dieses
Improvisationstalent ist bestimmt aus der Not heraus
entstanden.
Ich bin einfach chaotisch veranlagt....

Körperkultour

Aktfotografie von Angelika Killig

Wunderschön sind sie, die Bilder von Angelika Killig,
wunderschön und sehr sinnlich. Dabei zeigt die
Fotografin nicht die geringste Absicht, irgend ein
Detail ihrer Bilder als nicht inszeniert auszugeben
die Kontrolle über Licht und Schatten gehört ganz ihr.
Und trotzdem schafft sie es geradezu mühelos,
nie den Respekt vor dem fotografierten Menschen zu
verlieren. Ein Stück Geheimnis bleibt immer
 der voyeuristische Blick scheitert.

Wie sehr sie dabei mit ihren Modellen umzugehen weiß,
wie die Bilder Schönheit bis hin zur Selbstverliebtheit
widerspiegeln, machen Angelika Killigs Werke so einmalig.
Kaum vorstellbar, daß diese Fotografin ihr Geld häufig mit
"Maschinenbildern" der besonderen Art verdient:
Frau Killig ist Spezialistin für die Fotografie großer
technischer Systeme, oft aus dem Bereich der zivilen
und militärischen Schifffahrt. Gleichzeitig fällt es dann
nicht schwer, zu begreifen, daß sie aus Prinzip nicht mit
professionellen Models, sondern mit Laien, die Spaß an
der eigenen Inszenierung haben, arbeitet.

Der ungeheure Kontrast, den Angelika Killig in ihrem
fotografischen Tun verarbeitet, führt schließlich auch
zu den exotischen Ausstellungsorten, die sie bevorzugt:
Fitness-Studios, die Praxis eines Hautarztes, eine
Seniorenresidenz und nicht zuletzt die
"Galeria d'art contemporani" auf Mallorca. Immer sind
es Orte, die den Menschen auf seine Körperlichkeit
zurückwerfen, sei es durch Anstrengung bis zur Erschöpfung,
sei es durch Krankheit oder durch die Suche nach Befriedigung.

Ein neuer Ausstellungsort bringt neue Menschen mit Angelika Killigs Bilder in Berührung. Jeder Betrachter macht sich "sein Bild". Ein Bild vom Menschen. Und nichts ist uns näher als das eigene Abbild, oder vielleicht auch die Illusion darüber.

Zitat Angelika Killig: "Ich finde jeden Menschen schön und jeder hat einen ganz eigenen und sehr sinnlichen Ausdruck."

Diesen Pressetext hat Jörg, mein ehemaliger Chef, für mich geschrieben.
Krücki und Willi haben mir beim Rahmen der Fotos geholfen.
Stephan hat einen Katalog für mich entworfen. Die Drucker ihn gedruckt.
Raquel hat die Texte für die Ausstellungen ins Spanische übersetzt.
Verena hat meine Vita gepflegt....
Hartmut, Tibor, Timo, Larry, Jeronimo, Jeanette, Moschka, Ingeborg, Gloria, Gustav, Gabriel, Toni, Ingo, Fritz Senf, Marco machten mir den Gang an die Öffentlichkeit möglich.

Sooo viele Menschen, die mich immer wieder unterstützt haben und unterstützen.
Ich meine nicht nur mit Taten.
Wenn nicht alle Frauen die verrückten Dinge mitgemacht hätten, wäre ich heute nicht so weit.
Alle sind so mutig !!
Und ich bin glücklich, dass ich das Glück habe, solche Menschen zu kennen..
Danke für Euer Vertrauen !!

Jetzt aber 'mal an die Fotos und natürlich die Entstehung (Geschichte) selbiger.

Eine Aktion an einem Sonntag nachmittag im Oktober: Wir treffen uns am Pier 2 in Bremen.

In meiner Vorstellung tragen alle Frauen einen weißen Wegwerfoverall (mußte Walter natürlich besorgen). Das ist übrigens ein (Ex-)Kollege, der ziemlich häufig irgend etwas besorgen muß und kann. Deshalb wird sein Name noch häufiger auftauchen.

Also:

Ein richtig sonniger Nachmittag im Herbst.

Der große Schock für die Mädels (für mich aber auch): Bei dem guten Wetter sind natürlich viele Spaziergänger unterwegs. Jetzt gibt's ein Problem:

Wo ziehen wir uns um?

Um Gottes Willen, gleich stehen wir hier in Unterhose! Ich denke schon: Das wird nichts! Schließlich sind die Frauen keine Profis. Es gehört schon Mut dazu, sich hier in der Öffentlichkeit bis auf's Hemd zu entblößen.

Und schon war es passiert.

Alle waren umgezogen und am Lachen.

Jetzt können wir loslegen! Immer mehr Zuschauer bei unserem Shooting. Und die Mädels haben diese Gaffer nur ganz kurz irritiert.

Später noch einige Aufnahmen mit weniger Klamotten.

Auch egal!

Wir sind schön!

Sollen die Leute das doch sehen!

"Bei der Gelegenheit, ich möchte auch ein Foto von mir allein." Sicher wie Berufsmodelle.

Nach dieser Aktion waren alle total aufgekratzt und glücklich - ich eingeschlossen.

"Was machen wir das nächste Mal?"

.

So, nun habe ich von meiner Lieblingsfotografin
den Auftrag, etwas für unser Buch zu schreiben,
dann versuche es das jetzt mal.

Wie meine "Modellkarriere" begann:

Ich hatte schon viele Fotos gesehen,
die Geli von vielen Frauen (und natürlich auch
Männern), sie waren alle toll, klasse, supi.

Das konnte auch nicht anders sein, denn diese
Menschen auf den Fotos waren alle richtig schöööön
und ausserdem ist Geli eine Superfotografin.

Aber was sollte das alles mit mir zu tun haben, ich bin
unfotogen, finde mich auf fast allen Fotos, die so von
mir exzistieren furchtbar naja und ein gewisses
Alter kann man auch so langsam nicht mehr verleugnen.

Dennoch kam es, wie es kommen musste, ich glaube,
es war im September 2006???

Ich ließ mich tatsächlich überreden, an einem dieser sogenannten Fotoshootings teilzunehmen (und das hört sich so wichtig an, fast wie bei Heidi Klum).
Wir trafen uns alle bei Pier 2, es war ein wunderschöner Herbstsonntag mit strahlend blauem Himmel, die Weser glitzerte fast. Traumhaft!!!

Zum spazieren gehen wäre es auch richtig entspannend gewesen dort ABER NUN KAM ES: Wir sollten uns ausziehen!!!! Zwar nicht völlig, aber zumindest in die Netzstrümpfe und Highheels steigen, was wir dann auch umgehend ich mit ziemlich gemischten Gefühlen taten. Für ein paar unserer Mädels war dies inzwischen schon Routine geworden, weil sie schon einige dieser "Shoots" hinter sich gebracht hatten.

So standen wir dann dort in der Herbstsonne, aber eben dieses schöne Wetter lockte auch diverse Besucher und Spaziergänger an. Mist, mit so etwas hatte ich nun gar nicht gerechnet und es war mir echt peinlich. Dann habe ich mir vorgestellt, dass z. B. mein Chef an dem Tag einen Spaziergang mit seiner Frau bei Pier 2 unternimmt und ich stehe dort im Stringtanga rum
nicht auszudenken,
dann hätte ich den Montag danach wohl besser kündigen müssen.

Wir sind schön!

Es hätte auch noch!! schlimmer kommen können, z.B. dass mein Vater (der eine leicht konservative Art, zumindest wenn es um seine Tochter geht, nicht leugnen kann) dort munter vorbeimarschiert wäre. Ich sage mal so, wenn er diesen Anblick überlebt hätte, wäre ich wohl dann ab Montag enterbt worden.

Das ist die Geschichte dieser Fotos aus Susi's Blickwinkel.

Einige Ähnlichkeiten zu meiner Schilderung der Aktion am Pier 2 wären rein zufällig :)

Aber das wird in diesem Buch wohl noch häufiger passieren. Und das ist es, was mir richtig Spaß macht.

Wenn man diese Fotos sieht, kann man kaum glauben,
dass die Frau darauf lange unsicher war, ob sie sich
erotisch fotografieren lässt.

Als ganz besonders unfotogen hat sie ihren Po
empfunden.
Wie man am Ergebnis sieht:
Natürlich ist er viel zu klein!!!!
Es kommt auf den Blickwinkel, d.h. Perspektive
und das Licht an.

Diese Frau hat natürlich
einen viel zu fetten Po.
Und ihr Busen ist auf
jeden Fall zu klein.
Das sieht doch jeder !!

Nach diesem Fazit
haben wir dann diese
Aufnahmen gemacht.
Wie man sieht,
liegt sie mit der eigenen
Einschätzung ihres
Körpers absolut
richtig.

Eines meiner Lieblingsfotos.. Davon gibt es einige.

Der Verein Haus Hünenburg lädt für Sonntag, 5. August, 11 Uhr, zu einer Vernissage in die Hünenburg in Achim-Baden, Schwedenschanze, ein. Die Fotografin Angelika Killig stellt weibliche Akte in den Mittelpunkt ihrer Inszenierungen, und lässt sie im Spiel von Licht und Schatten ihre Sinnlichkeit entwickeln. Der Bremer Rudolf Fetting zeigt Objekte, Collagen und Zeichnungen. Die Ausstellung ist von 11 bis 18 Uhr geöffnet.   BEC

Das Telefon klingelt:
"Hast Du schon gesehen? Ich bin in der Zeitung."
Wie jeder sehen kann, sind die Modelle auf diesem
Ausschnitt sehr gut zu identifizieren :)

Ich bin natürlich glücklich, dass eines meiner Fotos
in der Zeitung abgebildet ist.
Und noch mehr freut mich der Stolz meiner Modelle
auf diese Veröffentlichung.
Also sind wir doch schön !

Jeder ist schön, so ist das Motto von Angelika. Das kann ich nach all den Fotos/Shootings nur bestätigen.

Anfangs war ich noch ein wenig distanziert, aber ich freute mich auf eine neue **Erfahrung**, weshalb ich dem Fotoshootingtermin zustimmte.

Ich habe manchmal etwas zu beanstanden an meinem Körper so wie fast jede Frau! Nach einem Shooting sah ich die schönen Fotos von Angelika und entdeckte zu meinem Entsetzen eine Kugel rund um meinen Bauchnabel. Hilfe, mein Bauch. Das fand ich schrecklich, sagte ich zu ihr. Aber Angelika hat durch "Licht und Schatten" das Foto so dargestellt, dass er nicht mehr sofort in Auge fiel und die anderen Rundungen in den Vordergrund stehen. Da war ich doppelt glücklich über die schönen Fotos. Jeder Mensch hat eine einzigartige Ausstrahlung, die Angelika besonders gut in ihren Fotos einfängt.

Für mich war die Erfahrung fotografiert zu werden "Liebe auf den ersten Klick" und es macht immer wieder sehr viel Spaß.

Durch die Fotos habe ich ein noch positiveres Verhältnis zu meinem Körper bekommen.

Menschen in Szene gesetzt

Fotografin Angelika Killing stellt Aktaufnahmen im Seniorenheim Fichtenhof aus

Im Seniorenheim Fichtenhof läuft derzeit eine ungewöhnliche Ausstellung: Die Fotografin Angelika Killing zeigt Aktaufnahmen unter dem Titel „Körperkultour".

ST. MAGNUS Eine „ungewöhnliche Begegnung" erleben derzeit Bewohner und Besucher des Seniorenheims Fichtenhof, eine Begegnung mit nackter Haut in der Galerie des Hauses am Schönebecker Kirchweg. Hier sind noch bis zum 24. August, täglich von 13 bis 18 Uhr, unter dem Titel „Körperkultour" großformatige Aktaufnahmen der Fotografin Angelika Killig zu sehen.

Angelika Killig lernte ihr fotografisches Handwerk in

Eine Freundin war ihr erstes Modell für die Aktfotografie

Worpswede. Während ihrer dreijährigen Ausbildung von 1976 bis 1978 machte sie bereits erste Erfahrungen mit der Aktfotografie. „Ich sollte Skulpturen fotografieren", erzählt die Bremerin, „und habe dafür eine Freundin gebeten, mir Modell zu stehen."

beruflich mit Aufnahmen großer Industrieanlagen und technischer Geräte. Die Aktfotografie blieb seither aber ihre Leidenschaft. Der pure Kontrast? „Ich könnte nicht nur das eine oder andere machen", sagt Angelika Killig. „Ich brauche beides."

Wichtig sei ihr bei der Aktfotografie, dass die Chemie zwischen dem Modell und ihr stimme. Die Modelle, das

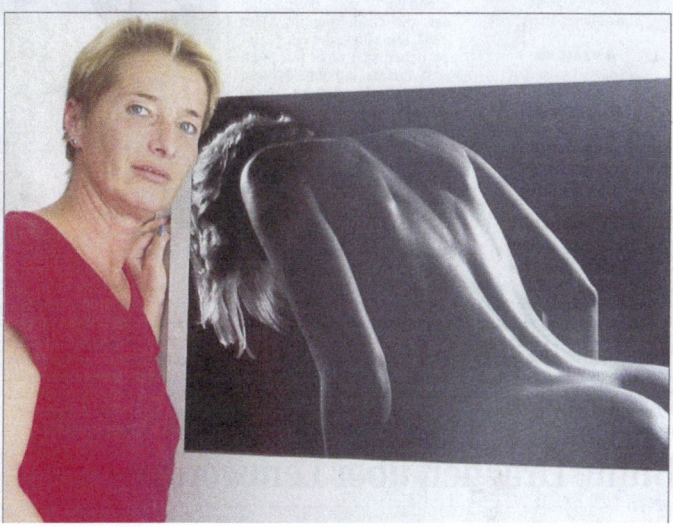

sind Laien, Menschen „wie du und ich", so die 45-jährige. In Schwarz-Weiß-Fotografie perfekt in Szene gesetzt. Das geschickte Spiel mit Licht und Schatten lässt jeden Körper schön erscheinen.

Zu sehen waren Angelika Killigs Aufnahmen bisher unter anderem in Fitness-Studios, in einer Hautarztpraxis, bei einem Friseur, auf Mallorca und nun im Seniorenheim Fichtenhof. Eine Ausstellung, bei der die Heimleitung den Kontakt zur Fotografin suchte. Dennoch ein provokanter und möglicherweise auch riskanter Schritt für Angelika Killig. Das Feedback der Bewohner sei bisher aber fast ausschließlich positiv gewesen, erklärt sie. „Bisher war das hier nur einer einzigen Frau zu viel nacktes Fleisch." (ute)

Hier ist wieder die Frau mit dem ihrer Meinung nach
viel zu fetten Po abgebildet.
Nicht die im Vordergrund. Das bin ich, die Fotografin.
Zum Glück nicht von hinten fotografiert.
Denn mein Po ist viel zu platt !
Wie gut, dass wenigstens ich meine Körperlichkeit so
realistisch wahrnehme:
- Po zu platt
- Beine zu kurz
- zuviel Erdanziehung bezüglich meines Busens
- ..... Die Mitte wird immer runder !
Also wie ich den Frauen immer sage:
Kein Problem !
Alles eine Frage der Perspektive und des Lichtes.

Also, nun wieder zu den mutigen und schönen Frauen.

Wenn ich mich mit den Mädels zu einem Shooting
treffe ist es fast so, als wenn ich ein Model wäre,
sind wir ja für Angelika, nur nicht so berühmt .
Das Gefühl ist wohl ähnlich, denn wir haben ab und
zu Zuschauer und wir wurden auch schon gefragt, für
welchen Werbezweck/Zeitschrift die Fotos denn
verwendet werden sollen. Da war ich mächtig stolz.

Das erste Mal auf Mallorca fotografierte uns
Angelika im Sand. Wir liefen fröhlich ganz früh
morgens ins Meer und "panierten" uns danach mit
Sand. Ich habe eigentlich eine Abneigung gegen
alles Klebrige an meinem Körper, aber es war alles
so spannend, dass ich es überhaupt nicht bemerkte.
Natürlich kann sich jeder vorstellen, wo sich der
Sand überall versteckte.

Eine "Kohlfahrt" nach Mallorca

Im Januar nach Mallorca, um eine Kohltour mit den Frauen zu machen. Ich denke mir, dass es wieder eine gute Gelegenheit ist, Fotos zu machen. "Bitte bringt alle Gummistiefel mit. Ich besorge Schirme."
Natürlich quaken erst einmal alle. Ist ja auch normal. Gummistiefel machen kein gutes Bein Pumps wären vorteilhafter.
Verena steigt sofort darauf ein : "Ich bringe Regenumhänge mit. Die Einmaldinger, durchsichtig."
Superidee und schon ziehen alle mit.
Ich habe mein Foto natürlich schon im Kopf Zwanzigerjahre, die typische Haltung am Strand mit Sonnenschirm in der Hand -.
Ganz schön kalt an diesem Tag. Die Sonne scheint zwar, aber es ist Januar. Und auch auf Mallorca geht ein kalter Wind.
Aber trotz allem: runter mit den Klamotten! !
Das mit den Regenumhängen war wirklich ein klasse Einfall. Denn jetzt schützen sie vor dem kalten Wind. Und nicht nur das: das Licht spiegelt sich im Plastik, es gibt tolle Reflexionen.
Die Bauarbeiter auf einem Haus in der Nähe können bestimmt nicht viel erkennen, pfeifen aber trotzdem wie verrückt. Ein Junge ist neugierig und fragt für welche Zeitung die Fotos gemacht werden.
Nach einigen Aufnahmen merke ich, daß die Frauen mit Spaß dabei sind.
Sie haben Gummistiefel an, aber ihre Haltung ist die von richtigen Damen

Jetzt kommen Ideen von den Mädels. Ein richtiges Spiel beginnt. Damit fängt der richtige Spaß an.
Alle sind voll dabei und die Zaungäste nimmt keine mehr wahr.

Und am Ergebnis ist zu sehen: nicht nur die Pumps machen
eine gute Figur.
Denn alle fühlten sich bei den Aufnahmen wohl (sicher).
Das strahlt jede einzelne von ihnen aus.
Danach sitzen wir alle am Laptop und
sind begeistert von uns....

Danke an alle Frauen, die für mich ihre Sonntage und ihren
Schlaf geopfert haben.
Egal ob es kalt, nass, schmutzig oder aus ihrer Sicht
eigentlich eine verrückte Idee war.
Ihr habt trotzdem mitgemacht.

Can Picafort

Solche Fotos, d.h. Aufnahmen in so einem schönen Licht, kann man natürlich nicht zu einer "normalen" Tageszeit machen.
Ganz besonders im Urlaub ist 7:00 Uhr am Morgen keine "normale" Zeit.
Und noch schlimmer ist das für die Tanz- und Partymäuse:)

Auch für die "Perücken-Aktion" zeigen die Frauen wieder Verständnis. Manchmal verlange ich ihrem Vertrauen in meine Ideen ganz schön was ab.
Como siempre extrem früh an den Strand - teilweise nicht eine Minute geschlafen - aber super gut drauf. Immer noch überdreht von der durchtanzten Nacht.

Spaß ist die Hauptsache bei all unseren Aktionen.
Ehrlicherweise muss ich sagen, dass ich natürlich auch ein ansehnliches Ergebnis als Fotografin erzielen will.
Aber, auch wenn es wieder mal nur fast perfekt wird, bin ich immer wieder überrascht von der guten Ausbeute.
Die Mädels sind nach so einem Shooting ebenso erschöpft und gleichzeitig überdreht wie ich - und irgendwie müssen wir wieder 'runter kommen.

Ich war nackt auf einem Parkdeck mit den anderen "Modellen", an einem Sonntag. Die Sonne schien, der Wind und eine leichte bis mäßige Brise waren mit uns. Wir hatten ein weißes durchsichtiges Tuch um uns gehüllt, und ein Windhauch lies es um unsere nackten Körper wehen. Einen Hut wie ihn die Burgfrauen trugen hatten wir dazu aufgesetzt. Angelika gab uns Anweisungen, wie wir posieren sollten. Es war gigantisch. Kein Mensch außer uns war da, dachten wir. Unsere Blicke fielen auf den Dom und von dort aus konnten uns die Leute beobachten, die eigentlich nur einen Rundblick um Bremen erhaschen wollten und als wir fast fertig waren, da kamen die Ich fühlte mich toll, wir waren wieder mal im Mittelpunkt. Man könnte es fast "Routine" nennen.

Jetzt ist es soweit: Ich habe weißen Stoff und Pappe dabei; Brigitte hoffentlich den Tacker, damit wir die Kostüme basteln können.
Irgendeine Veranstaltung findet wieder statt in Bremen.
Auf jeden Fall wimmelt es von Menschen auf dem Markt.
Verena hat erforscht, dass die Violengarage heute geöffnet ist und auch ein offenes Parkdeck hat.
Zuerst einmal müssen wir uns natürlich warmreden...
Susi redet nicht soviel- sie hat eine durchfeierte Nacht hinter sich. Bettina hat eine Freundin mitgebracht, die zum ersten mal so eine Aktion mitmacht.
Auch Regina weiß noch nicht, was sie erwartet.
Die anderen sind sozusagen alte Hasen.
Jetzt spinnen wir herum: sollen die Burgfräuleins nicht auf den Bänken unter den Arkaden sitzen;
ob die Polizei uns dann holt.....?

Dann geht's los zur Garage. Oben auf dem Parkdeck ist es
ganz schön zugig. Aber weit und breit keine Leute zu sehen
und der Dom als Hintergrund:
Superkulisse!
Also jetzt die Kostüme basteln: Pappe zu spitzen Hüten
drehen, Stoff daran tackern und fertig ist das Burgfräulein.
Hahaha
Diskussion:
wieviel Haut kann man durch welchen Stoff sehen,
behalten wir unsere Unterwäsche an, sind in den umliegenden
Wohnungen doch Leute, die uns beobachten.... Egal:
'raus aus den Strassenklamotten und die Verwandlung ist
fast perfekt.
Und das ist wieder das Beste und Interessanteste dabei:
FAST perfekt.
In meinem Kopf habe ich ein bestimmtes Bild und jedes Mal,
wenn wir vor Ort sind, sieht es etwas anders aus.

Die wunderschönen
"Burgfräuleins"
vor dem
Bremer Dom.

Könnte die Stadt
doch in den
Bremer Reiseführer
aufnehmen!

Oh mist, Geli hat grad ´ne SMS geschrieben, in einer Woche ist Abgabeschluss für ihr Buch und sie wartet noch auf meinen Beitrag. Ich hab´s total verdrängt…..ich kann so was nicht so gut und dann wird das ganze auch noch offiziell in einem Buch veröffentlicht.

Oh man, was schreib ich bloß…………

Ich könnte über das "erste Mal Fotoshooting" bei Geli schreiben, ich war natürlich nervös……bei Geli angekommen erstmal in die Küche setzen und einen Tee trinken, oder einen Prosecco, zum locker werden. Und ganz wichtig, Socken ausziehen, BH und Hose öffnen, damit auf den Fotos keine unschönen Abdrücke auf der Haut zu sehen sind. An was man alles denken muss.

Damals hat Geli die Probeaufnahmen für Licht- und Schatten-verhältnisse übrigens noch mit Polaroid gemacht. Über die Jahre hat die Technik so einiges hervor gebracht….. na egal.

Worüber könnte ich schreiben…

Vielleicht über das eine Mal, als ausnahmsweise mal mein Gesicht mit aufs Foto durfte. Ich wollte das Portrait verschenken und deswegen sollte es natürlich besonders gut werden.

Daraus wurde natürlich nichts.

Unzählige Aufnahmen über mehrere Stunden, inzwischen übrigens schon über Digitalkamera. Und als wir´s dann schon aufgegeben hatten kam das

perfekte Portrait zu Stande…einziger Makel…die riesengroßen Affenohren aus Plastik, die ich aus Spaß aufgesetzt hatte…ja die spontanen Fotos werden meistens die Besten,

die bei denen man eben nicht damit rechnet.

Ich könnte sicher noch über so einige Fotoaufnahmen berichten
…….bei einigen quälen wir "Tertulia-Mädels" uns sogar im Urlaub
um 6 Uhr morgens aus dem Bett… der Sonnenaufgang und das Meer
sind um diese Uhrzeit traumhaft…..
Hm, worüber schreib ich bloß…….
ach, mir wird schon was einfallen………..!
Anja

Angelika schreibt ein Buch….
Oh Schreck, Angelika möchte ein Buch veröffentlichen und
ich soll "meine Geschichte" dafür aufschreiben….

Ein Sonntag wie jeder andere?

Hier kommt wieder Walter ins Spiel.
Ich erzähle natürlich überall und jedem, was wir für Fotos
machen. Dann kommt die Frage: An welchem Ort?
Ideen gibt es genug - aber wie umsetzen?
Es ist gar nicht so leicht, an gute Schauplätze zu
kommen.
Gerne würde ich einmal in einer Kulisse wie dem
Überseemuseum, Weserstadion, Rathaus,
Krankenhaus, Lagerhaus oder Theater Aufnahmen
mit meinen Frauen machen. Leider ist es fast unmöglich,
die dafür Verantwortlichen für diese etwas außer-
gewöhnlichen Anliegen zu begeistern.
Aber es gibt ja Walter. Und der kennt Horst. Und der
hat eine große Firma in Syke. Und der hat auch noch
ein offenes Ohr für "Verrücktheiten".
Als ich Walter erzähle, dass wir Schwierigkeiten
haben, einen geeigneten Ort zu bekommen, kümmert
er sich sofort darum :)
An einem Sonntag nachmittag ist es soweit.
Wir treffen uns bei Verena - es kommen soooviele
Frauen! Wahnsinn, damit habe ich nicht gerechnet.
Horst hat sogar jemanden für diesen Sonntag, der
uns hilft.
Alle reden auf einmal, Gelächter, 'raus aus den
Alltagsklamotten, rein in die Latzhose, ein wenig
Öl auf dem Körper verteilen - und los geht es.....
Ein Megaphon ist auch dabei, nutzt mir aber
herzlich wenig, weil die Frauen viel zu aufgeregt
sind.
Also bauen wir das Megaphon in die Fotos mit ein.
Und das Ergebnis kann sich sehen lassen:

"Die vierte Schicht bei der SYMA"

"Mit meinen Beinen versaue ich Dir das Foto!"

Plötzlich kam eine Email von Angelika:
"Mädels ich habe eine Idee ich möchte ein Buch mit
meinen Fotos von Euch drucken lassen schreibt mir bitte
eure Geschichte auf….
Nun denn, hier ist also meine Geschichte, warum ich erst
gar keine Fotos von mir machen lassen wollte und nun am
liebsten häufiger zum Fotoshooting zu Angelika gehen würde.

Wie auch bei einigen anderen Mädels fing alles auf Mallorca
an. Mit einer Gruppe sind wir nach Mallorca geflogen, um
gemeinsam Spaß zu haben.
Ich hatte die tollen Bilder von Angelika schon mehrfach
bewundert und wusste, dass einige Mädels öfter mal von ihr
fotografiert werden. Als ich mit Angelika im Strandcafé saß,
fragte Sie mich, ob ich mich nicht auch mal fotografieren
lassen möchte. Ich habe geglaubt, Angelika macht Witze.
Meine Figur, mein Bauch, meine Dellen, diesen Körper will
bestimmt niemand fotografieren, geschweige denn sehen.
Angelika hat eine Menge Überzeugungsarbeit leisten müssen,
bis ich bereit war, nach unserer Rückkehr einen Termin bei
ihr zu vereinbaren.

Mit einigen Utensilien ausgestattet bin ich dann zu meinem
ersten Termin bei Angelika gegangen. Ich war so aufgeregt,
aber Angelika hat mir die kleinen "Ängste" total genommen.
Wir haben lange vor dem ersten Foto geplauscht und dann
war es soweit. Ich sollte mich ausziehen und mit Öl
einreiben. Ich sollte mich recken und strecken auf ein Sofa
legen und und und…. Es war sehr anstrengend, spannend und
lustig. Von Foto zu Foto hat es mir mehr Spaß gemacht.
Zwischendurch konnte ich schon mal erste Fotos ansehen
und ich wollte darauf hin weiter machen. Angelika hat so
viele schöne Ideen.

Mittlerweile war ich schon mehrfach alleine zu Fotoshootings
bei Angelika und habe auch an den Shootings auf Mallorca
(am Strand und im Appartement), dem Parkhaus Violenstraße,
dem Sonntags-Spaziergang durch das Viertel und in der
Maschinenfabrik teilgenommen.

Auch an einigen Ausstellungseröffnungen von Angelika habe ich teilgenommen, sei es auf Mallorca, in Achim oder Bremen. Ich bin dann immer ganz stolz, ein kleiner Teil dieser Ausstellungen sein zu dürfen.

Besonders viel Spaß macht es zu raten, auf welchem Foto welches Modell ist. Beim Ansehen der Bilder kommen dann wieder die schönen Gedanken an die Fotoshootings und verbunden damit, an den Spaß, den wir dabei gehabt haben.

Auch meine Freundinnen haben die Bilder von Angelika überzeugt, so dass sie bereit waren, mit zu den Gruppen-Shootings zu kommen bzw. sogar Einzeltermine bei Angelika gemacht haben. Die Telefonnummer von Angelika habe ich schon oft weitergegeben.

Liebe Angelika, DANKE dass Du meinen Körper so siehst, wie ich ihn ohne Dich vorher nie sehen konnte, DANKE für die vielen schönen und lustigen Stunden, die ich mit Dir und den anderen Mädels bei den Shootings erleben durfte. Ich hoffe, es werden noch viele folgen…

Bettina

Hallo Angelika,

die Idee, von Deinen tollen Bildern ein Buch zu machen, finde ich hervorragend. Ich habe Deine Bilder und Dich über eine von diesen "tollen dicken Frauen" kennen gelernt. Obwohl ich nicht solche Probleme mit meinem Selbstbewusstsein habe und mich auch gerne darstelle und verkleide, fand ich Deine Idee toll Fotoshootings mit "ganz normalen Frauen- wie Du und ich" zu machen und diese gekonnt in Szene zu setzen- vor allem in der heutigen Zeit, da uns die Medien ein Schönheitsideal vermitteln wollen, dem kaum einer oder eine gerecht werden kann, sofern sie/er denn nicht an Magersucht leidet oder den ganzen Tag im Fitnesstudio verbringt und nicht an der Supermarktkasse oder im Büro.

Ich finde es wunderbar, dass Du mit "den Augen der Fachfrau " die Schönheit in jedem Menschen erkennen und besonders zur Geltung bringen kannst und dies mit Deinen Bildern auch tust. Und Erotik hat meines Erachtens nur sehr wenig mit Traummaßen zu tun, sondern mit Ausstrahlung und einem gesunden Körperbewusstsein . Wir hatten vor kurzem eine Baustelle vor dem Haus, an der mehrere Straßen- bauarbeiter gearbeitet haben. Wenn man die so beobachtet hat und man Fotos gemacht hätte ich sag Dir, das wären so tolle Fotos geworden fernab von der Davidoff oder Boss- Werbung. Das ist es doch, was Menschen aufeinander wirken lässt.
Ich find es toll, das Du versuchst, dies zu unterstützen.
Weiter so!

Goethe hat mal einen wahren Satz gemacht:
"Wenn Gott mich anders gewollt hätte, hätte er mich anders gemacht!" Vielleicht kannst Du diesen weisen Satz ja irgendwo einbauen.

Ich wünsch Dir viel Spaß bei Deiner Arbeit- werde jeder Zeit wieder gerne an einem Deiner spannenden Shootings teilnehmen und den Spaß mit den vielen unterschiedlichen Frauen genießen. Natürlich bin ich schon jetzt eine dankbare Abnehmerin Deines Buches und gerne bereit, bei der Verbreitung zu helfen.
Ich habe ein Buch über die Entstehung der Calendar-Girls und der Hintergründe für dieses Buch kann es Dir gerne mal leihen.
Ist aber original und auf Englisch, aber mit Autogramm von Tricia Stewart, einer der Frauen. Das hat zwar einen anderen Hintergrund, aber die Bilder sind genauso gut angekommen.

 Viel Spaß also und gutes Gelingen!
Liebe Grüße

Birgit Mura

Hier einige RATEFOTOS:

Die Frauen werden sich auf den Abbildungen erkennen.
Aber die anderen Betrachter können rätseln,
welche Person sich dahinter verbirgt.

...Und ?

Alle erkannt?

Sooo schwierig kann
das doch nicht sein
- oder ?

Das erkennt doch jeder:
Das sind all die Frauen
mit den schrecklich
verunstalteten Körpern,
wie man sieht....
Oder ?

Viel schreiben will ich nicht - bin ja auch keine Schriftstellerin, sondern Fotografin. Das soll hier um Gottes Willen kein Ratgeber werden. Ich möchte einfach einmal festhalten und zeigen, dass jede Frau schön und erotisch aussehen kann.

Wie zum Beispiel diese Frau.
Schade, dass sie nichts dazu geschrieben hat. Sonst ist sie ziemlich schlagfertig. Aber keine von uns hat sich jemals zugetraut, ein schriftstellerisches Kunstwerk zu schaffen. In unseren eigenen Worten klingt alles viel ehrlicher. Wie die Fotos.
Keine Verfälschungen:
Körperhaltung, Perspektive, Licht und Schatten. Auch im Zeitalter der Digitalfotografie. Das ist die Realität. Aus meinem Blickwinkel.

Hier noch zwei meiner Lieblinge. Für alle ist leider nicht genug Platz :)

Wie ein Wunder verändert sich das Verhalten der Mädels, wenn sie sich von mir fotografieren lassen.

Es klingelt. Ich laufe die Treppen 'runter. Vor mir steht eine Frau, die gerne erotische Fotos von sich hätte. Mit leiser Stimme stellt sie sich vor. Die Körperhaltung strahlt nicht sehr viel Selbstbewußtsein aus. Mit leisen Tönen und leisen Schritten hoch ins Studio. Bis zu den ersten Aufnahmen vergeht einige Zeit mit Warmreden.

Und dann, spätestens nach einer halben Stunde des Fotografierens - eine Wende im Verhalten.

Zwischendurch zeige ich immer 'mal eine kleine Auswahl der Session.

Die Stimme wird lauter, die Haltung zeigt viel mehr Selbstbewußtsein, befreites und offenes Lachen und eigene Ideen. Es beginnt ein Spiel mit der eigenen Erotik und Ausstrahlung.

Jetzt entstehen die besten Bilder. Ich bin schon erschöpft. Aber mein Modell ist nun warm geworden und möchte am liebsten nicht mehr aufhören.

Das sind wirkliche Erfolge für mich. Ich bin zufrieden mit meiner Arbeit. Und diese Arbeit macht richtig Spaß!!!

So, jetzt ist die Arbeit getan. Mein Modell verläßt das Studio mit lautem Lachen und lauten Schritten.
Eine schöne und selbstbewußte Frau kommt aus dem Haus.

Auch die Abende vor den Shootings sind nicht ohne.
Besonders auf Mallorca...
Bei diesen Aufnahmen waren die Modelle nüchterner als
die Fotografin.
Danke an Tanjamaus für die gelungene Akrobatik.

Also haben wir am nachmittag noch einige Ideen verwirklicht.
Das Licht ist dann nicht mehr so besonders - die Stimmung
der Frauen dafür um so ausgelassener.

Ja, Ihr habt die Haare schön!!

Häh, was hat Angelika gesagt? Was sollen wir machen?
Ne, das bestimmt nicht! Wie soll das denn gehen?

Jetzt alle die Hände hoch! Bei Susi sieht das ganz anders aus.
Die hat so lange Arme. Huch, die Welle ist da!

Gar nicht so einfach, alle in eine Reihe zu bekommen. Außerdem verliere ich nach spätestens 15 Minuten meine Stimme. Also stille Post. Und das Ergebnis:

"Mensch, wäre das nicht eine tolle Idee, wenn wir dem
Hersteller der Capes ein Foto von uns schicken?
Vielleicht können die das ja für ihre Werbung gebrauchen?
Oh ja, das müssen wir unbedingt machen!"

Schade, dass die Frauen im Alltag nicht so oft Zeit haben.
Diese Fotos sind schön -wieviel witziger wäre es gewesen,
wenn ein Dutzend Mädels in schwarz-weiß-rot durchs
Viertel gelaufen wären. Trotzdem, der Spaß war uns sicher.
Das Wetter so wunderschön wie meine Modelle.

Sind wir schön genug?

Klar, wir sind schön!!
Egal ob nackt oder angezogen.
Was sollen wir machen?

Sollen die Leute doch gaffen.
Wir sind schön!

Den Jungs von der Feuerwehr ein
dickes DANKE.
So schöne Feuerwehrfrauen auf
der Wache.
"Jetzt müssten wir wirklich ein
Feuer löschen. Mit Wasser und
Schweiß wäre das noch erotischer."
"Ich glaube das ist sexy genug,
Mädels."

Und schon wieder so eine Aufnahme, an der man/frau
mehr als eindeutig erkennen kann:
Diese Frau eignet sich absolut NICHT für erotische Fotos!
So lange Beine und so einen knackigen Po sollte sie
besser bedecken!

Ein schöner Rücken kann entzücken …
Damit fing alles an

Im Oktober 2004 waren wir zu viert auf Mallorca. Geli hatte die Bitte, ob wir drei Mädels uns von ihr fotografieren lassen würden. Mit ganz viel Sand auf unseren Körpern und vor allem ganz früh morgens, da schillert die Sonne so ganz besonders schön über dem Meer.
Gesagt, getan, gleich morgens von der Disco zum Fotoshooting. Auf die Gesichter kann es ja nicht darauf an, sondern auf unsere "besandeten" Körper. Wenn ich daran denke, kribbelt es noch überall …

Für mich war dies mein allererstes Mal. Ich nackt vor der Kamera und dass bei meinen vielen Rundungen. Na ja, wir waren ja unter uns! So nach ein paar Minuten hatte ich völlig vergessen, dass Geli fotografierte. Irgendwie war die Nacktheit total normal geworden und das Posen machte richtig Spaß. ‚Lass uns doch mal dies probieren oder vielleicht so' oder oder oder. Ich finde, dass sich die Ergebnisse sehen lassen können!

Nach unserer Rückkehr, zwei Tage später, fragte mich Geli, ob ich nicht noch mal für sie Model sein könnte. Sie hätte eine Ausstellung bei "Mollig & Chic", dafür bräuchte sie etwas "kräftigere" Konturen. Okay, nicht lange darüber nachdenken, ausziehen und ab auf's rote Sofa. Ich wusste gar nicht, dass ich einen so schönen kraftvollen Rücken habe. Geli hat eben das Beste rausgeholt. Dankeschön! Als ich "mich" dann im Schaufenster auf dem Bild (50 x 70) sah, war ich mega stolz Schön, dass ich mich getraut hatte und schön, dass Geli mich gefragt hatte!

Seit dieser Zeit habe ich "hemmungslos" bei diversen anderen Fotoshootings mitgemacht. Sei es am Strand von Mallorca, am Pier 2, auf dem Parkdeck Violenstraße, in ihrem Atelier etc. Mit mehreren oder auch allein.

Egal, es macht immer wieder richtig viel Spaß!!!

Auch hier sind wieder die hervorstechenden
"Problemzonen"
auf den ersten Blick zu erkennen

Es fasziniert mich immer wieder, wie diese Frauen sich verändern können.
Mit der Verkleidung oder Entkleidung nehmen sie eine völlig andere Haltung an und haben plötzlich eine Ausstrahlung, die mich jedes Mal aufs neue überwältigt.

Erotik, Stolz, Anmut, Lebensfreude und ganz besonders Selbstbewußtsein.

Mein Modell, Anja, muss fortwährend herhalten für neue
Ideen. Dabei hat sie wirklich viel auszuhalten.
Nach diesen Fotos mit Wasser und Spiegel hatte sie
eine dicke Erkältung. Danke für Deinen Einsatz!
Ich kann mich gar nicht oft genug bedanken bei allen,
die einen Muskelkater und andere Dinge ausgehalten
haben, um meine Ideen umzusetzen.

Dafür ist es im Anschluss richtig aufregend, wenn
diese Bilder in einer Ausstellung hängen.
Die Öffentlichkeit sieht die erotische Seite dieser Frauen,
weiß aber nicht, wer sich dahinter verbirgt.
Und alle Betrachter sind überzeugt davon, dass die
Abgebildeten Profis sein müssen.
Wenn dann eine der Frauen sich outet, können oder
wollen sie es meist nicht glauben.

Eine der aufregendsten Ausstellungen für mich war 2001 in der Galeria d'art contemporani auf Mallorca.

Natürlich war ich stolz, in einer Galerie meine Fotos zeigen zu dürfen - aber -.....
Wenn ich nicht soviel Hilfe von allen Seiten bekommen hätte, wäre ich gescheitert. Die Einladungen, die Auswahl, das Rahmen, die Verpackung, der Transport (immerhin 2 Paletten) und der Beistand vor Ort.
Ich wollte auf keinen Fall allein auf die Insel.
So haben Anja, Rosi und Karen ihren Urlaub und ihr Geld geopfert und mich begleitet.
Ich war zu nichts zu gebrauchen. In meinem Kopf drehte sich alles. Sowieso schon chaotisch veranlagt und jetzt war ich überfordert. Ich hatte Angst.
Aber die Frauen gaben mir ein sicheres Gefühl.
"Deine Bilder sind super. Sag' uns, was wir machen sollen. Alles kein Problem."
Als dann endlich alle Fotos an der Wand dieser RIESIGEN Galerie hingen, war ich unendlich erleichtert. Schon ein Unterschied zu den Ausstellungen um die Ecke, wo ich mit Freunden einen Abend lang aufhänge, und wir dabei auch viel Spaß haben.

Nach diesem Highlight haben mich die Frauen noch einige Male durch ihre Anwesenheit gestützt.
Stephan hat Einladungen und Plakate entworfen.
Walter hat Edelstahlplatten zum Aufziehen der Bilder besorgt.
Und ich war absolut begeistert von Toni.
Der hat in seiner AMGALERIA in Pollenca sogar das Aufhängen der Fotografien übernommen.
Und danke an H.-H. Meyer und seine Band.
Die haben während einer anderen Vernissage in Pollenca musiziert.

.

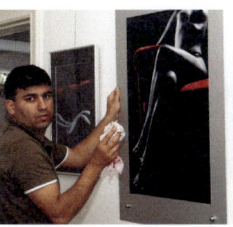  

...ollagen und erotische Fotografien

...die Rückseite eines Zehnmarkscheines, Killig die Schönheit eines nackten Köpers

Angelika Killig mit ihrem Mann Hakan Ozlvft.

Rudolf Fetting, im Hintergrund die Skulptur „Aliens".

Da gibt es so einiges zu tun bis die Fotos an der Wand hängen. Danke an all die, die mir dabei halfen und helfen.

Hakan ist besonders stolz darauf, dass er bei so etwas helfen darf.

Und die AFTERVERNISSAGE PARTIES sind ein Muss. Dann kippt die Anspannung in Ausgelassenheit.

Mach' noch 'mal eins zurück!
Das ist ein typischer Ausruf, wenn wir gemeinsam die Fotos nach einer Aktion ansehen.
"Mach mal eins zurück! Ist das Heike? Ne, die war doch dieses Mal nicht dabei.
Was hängt denn bei mir da an der Seite 'runter? Sieht ja aus wie...hi hi hi.
Ooh, hä? Oh, ja!
Ne, ist nur ein Band vom Bikini.
Brigitte, was machst Du denn da? Da war der Druck wohl gross - hi, hi
Bin ich das? Sieht so aus. Ne, Mensch, das ist Tanja.
Euch kann man echt verwechseln.
Mach' mal eins zurück! Guck' mal, da seh' ich aus wie'n Engel! Der Sonnenaufgang ist ja Wahnsinn! Gut, dass wir so früh aufgestanden sind. Hat sich gelohnt.
Ey, Geli, das löscht Du aber! Da seh' ich ja sch...aus.
Wieso? Ich find' da siehst Du gut aus.
Mach mal eins zurück!
Guck' mal, wie ich da ausseh'. Da ist deins doch richtig geil.
Oh, ne, das ist ja schlimm!
Da sehen meine Beine geil aus! Das Licht ist richtig gut!"

Ein typischer "Guckabend".
Wir sind bei Anja.
Ich hab' die DVD vom letzten Shooting dabei. Verena hat 'nen Beamer mitgebracht. Alle sind wild darauf, endlich die Ergebnisse zu sehen.
Jeanette und ich sind hinterhältig. Wir lassen heimlich ein Diktiergerät mitlaufen. Ich möchte unbedingt einmal die Originalaussagen der Frauen haben, wenn sie das erste Mal die Bilder sehen.
Zuhause dann -
Eine Stunde Band mit Gegacker und Gekreische. Kein Wort ist zu verstehen.

Ab und zu sehe ich mir die ganzen Aufnahmen aus den letzten Jahren an. Dabei entdecke ich immer wieder Motive, die mir beim ersten Durchsehen gar nicht aufgefallen sind. Ich bin überrascht, dass ich so gute Fotos übersehen konnte. War ich blind?

Normalerweise habe ich beim ersten Anblick der Bilder gleich meine Lieblinge. Aber beim zweiten Hinsehen fallen mir mehr und mehr interessante Details ins Auge. Das kommt davon! Warum fotografiere ich auch so einzigartige Frauen!

Das würde nicht passieren, hätte ich Modelle, die dem gängigen Schönheitsideal entsprächen. Sechs, acht oder mehr Frauen - alle Kleidergröße 36/38, Körbchengröße C/D, Stupsnase, blonde Haare, dicke Lippen - zusammen auf einem meiner Fotos.

Schön langweilig!

Hat man eine Frau gesehen, muss man die anderen nicht mehr ansehen

Einheitliche Schönheit kann so langweilig sein. Ein Blick - okay: schön. Das war es. Eine gruselige Vorstellung für mich, dass ich im Strassencafe sitze und es gibt nichts Interessantes mehr zu sehen.

Was ist es doch entspannend, die Vorbeigehenden zu beobachten - so eine bunte Mischung.

Ebenso gut fühle ich mich beim Ansehen unserer Fotos.

Erst sollen wir etwas für die Schönheit tun.
Und dann kommen die Gesichter nicht einmal mit auf's Foto.

Die Mädels nach getaner Arbeit als Modell.

Und so sehe ich schon nach kürzester Zeit aus.
Ich verliere meine Stimme.
Nicht nur bei den Aufnahmen am Strand, wenn ich gegen Wind und Brandung schreien muss.
Denn sobald mehr als eine Frau vor meiner Kamera steht, werden ein wenig mehr "Gespräche" geführt.
Gegen dieses kommunikative Talent meiner Modelle habe ich kaum eine Chance.
Aber manchmal hat auch eine Mitleid mit der Fotografin und gibt meine Anweisungen weiter
- manchmal -

Sobald ich meine Pause zum Wiederfinden der Stimme mache, hängen die einen ihren Gedanken nach.....

… Und die anderen machen sich schon einen Kopf um neue Motive...

Die Idee mit dem Draht kam mir nachdem ich für
Anna fotografiert hatte.

Das mit Anna ist auch eine wichtige Erfahrung.
Sie hat meine Fotos in einer Lederdessous Boutique gesehen
und war total begeistert.
In dieser Art wollte sie auch ihr Personal und ihr Geschäft
fotografiert haben. Eine absolut sympathische Frau.
Natürlich wollte ich die Aufnahmen für sie machen.
Aber:
ich wollte erst einmal sehen, was mich erwartet.
Ihr Geschäft ist nämlich ein S/M-Studio.
So einen Laden hatte ich noch nie von innen gesehen.
Und ich war positiv überrascht:
richtig nette Menschen arbeiten dort und die Räume
sind unheimlich kreativ eingerichtet. Mit jedem Raum
betritt man auch eine völlig andere Welt.
Als ich meinen Mädels davon erzählte war die Neugier riesig.
Ich musste alles erzählen. Und schließlich war Anna so
freundlich und machte eine Besichtigungstermin.

Eines Tages fragte mich Angelika: "Hast du nicht auch Lust, das nächste Mal zu unserem Fototermin zu kommen?" "Wieso ich?" wollte ich fragen. "Was soll denn an mir dran sein, was fotogen wäre?" Aber stattdessen antwortete ich: "Och ja, dazu hätte ich schon Lust."

Ich hatte nämlich schon von einigen meiner Kolleginnen gehört, dass die so Fotos "ohne was an" oder eben "mit wenig was an" machten und, dass es jedes Mal recht lustig dabei zuging. Außerdem war mir blitzartig klar geworden, mit 48 Jahren ist das die einzige und letzte Chance, die ich als "Model" bekommen würde. Deshalb war ich total neugierig und gespannt auf das Foto-Shooting. Termin, Ort und Uhrzeit wurden abgesprochen. Jetzt gab es kein Zurück mehr hatte ich entschieden.

"Zieh' schwarze Nylonstrümpfe an und Pumps", befahl Angelika. Aha, Pumps, das sind doch so Schuhe mit hohem Absatz, schoss es mir durch den Kopf und mir kamen nun doch ernste Zweifel. Ich bin ja eher der Typ für die flache Schuhvariante, aber tapfer antworte ich: "Ja, ja, kein Problem, die hab' ich." Denn Gott sei Dank fiel mir ein, dass ich das letzte Mal solche "Pumps" bei der Silberhochzeit meines Cousins getragen hatte und richtig im untersten Regal meiner Schuhablage befanden sich die erforderlichen Treter in einem beneidenswert guten Zustand.

Nun war der Tag des Foto-Shootings gekommen. Wir trafen uns an einem Sonntag in einer Fabrikhalle. Am Wochenende also - sehr gut; dann dürfte da auch niemand rumlaufen, der mich kannte. Und wenn doch ...? Was würde der oder die von mir denken? Wahrscheinlich dasselbe, was ich bis zu diesem Tag auch über solche Frauen dachte: "Nun ist sie völlig durchgeknallt und versucht sich selbst zu verwirklichen. Naja, hat wohl in ihrem bisherigen Leben was verpasst." Nein, nein so ist das nicht. Ihr habt ja alle keine Ahnung und wisst einfach nicht wie viel Spaß das macht, wenn man sich in einer Gruppe

"älterer" lebenserfahrener, gestandener Frauen, die von Idealmaßen mehr oder weniger weit entfernt sind; Herrendoppelrippunterhemden überzieht und in schwarzen Strümpfen und hochhackigen Schuhe durch eine Fabrikhalle stöckelt. Und als ich mich so über unser Aussehen amüsierte und mich über meinen Mut freute, sah ich um Gottes willen - zwei Männer! Die gehörten eindeutig nicht zu uns trugen ja schließlich keine Pumps und stellten irgendwas an den Maschinen in der Fabrikhalle ein. Ruhig bleiben, sagte ich mir und jetzt nicht auffällig benehmen, dann bemerken sie dich gar nicht. Ich mischte mich einfach mitten unter die anderen geschafft. Und dann ging es endlich los. Angelika stellte uns in Position und machte die ersten Fotos. Es hat total Spaß gemacht und ich konnte es kaum erwarten die Fotos anzusehen. Obwohl wir allesamt KEINE Models sind, sahen wir doch ziemlich gut aus (auf einigen Fotos zumindest). Das liegt natürlich daran, dass Angelika eine erstklassige Fotografin ist und jeder Mensch seine schönen Seiten hat ganz bestimmt.
Ich würde es wieder machen !!!

Imke

Einen riesigen Gruß an die Modelle, die wo ganz tief aus dem Süden Deutschlands kommen. Ihr müsst unbedingt 'mal eine Fotoaktion im kalten Norden mitmachen - nicht immer nur im warmen Klima von Mallorca!

Es fing an mit meinem 1. Ausflug nach Bremen

Im August 2007 war ich, ein bayrisches Maadl, zum 1. Mal bei meiner Freundin Verena in Bremen. Sie frage mich schon vorher, ob ich denn nicht Lust hätte, mal ganz andere Fotos von mir machen zu lassen. Zuerst war ich sehr skeptisch bzgl. meiner Pfunde auf den Rippen. Aber nachdem ich mir einige Fotos von Geli angeschaut hab, dachte ich mir: probieren wir es mal.

Gesagt getan, kaum angekommen in Bremen, hatte ich schon mein Fotoshooting. Ich hatte natürlich bzgl. Meines Lampenfiebers ein paar Gläser Prosecco nötig, denn ich hab mich noch nie nackt vor der Kamera bewegt. Aber da war ja Geli, die mir immer wieder Mut machte und Vreni. Alles in allem hat es mir super viel Spaß gemacht und es sind super tolle Bilder geworden. Am nächsten Tag hatte ich nur wahnsinns Muskelkater vom Posen.

Dann flog ich mit den Mädels im Mai 2008 nach Mallorca. Geli meinte unser Fotoshooting ist früh zum Sonnenaufgang am Strand. Also raus aus der Disco und runter am Strand. Auf dem Weg zum Strand, lief uns dann noch "Josef?" Über den Weg, den nahmen wir gleich mit. Er war zwar zuerst etwas schockiert nach seiner Frage was er denn machen sollte und wir ihm antworteten AUSZIEHEN aber er machte seine Arbeit sehr gut. Auch am nächsten Tag das Shooting mit den Regencapes war super. Es machte mir gar nichts mehr aus, mich nackt zu bewegen.

Und im Dezember 2008 flog ich dann noch mal mit meinem Freund nach Bremen. Sogar dieser war total begeistert von den Fotos und wir ließen einen ganz super tollen Kalender von Geli für uns machen. Vielen Dank!!!

Seitdem macht es mir total viel Spaß mich nackt fotografieren zu lassen und ich freu mich schon wieder riesig aufs nächste Mal!!!

Eingefangen!

August 2009:
morgens gegen 7:00 Uhr. Um diese Zeit gibt's natürlich
erst einmal Gemecker. Aber die Sonne ist auch noch
nicht zu sehen. "Mir ist kalt. In's Wasser gehe ich ganz
bestimmt nicht! Das ist sicher noch eisiger."
Dann kommt die Sonne über den Horizont.
"Wow, das sieht ja irre aus! Guck' mal, wie das glitzert!
Sogar im Sand spiegeln wir uns. Das Meer fühlt sich
an wie 'ne Badewanne."

"Das mit den pinkfarbenen Luftmatratzen ist 'ne echt gute Idee!
Pass' auf, dass man meinen Bauch nicht so sieht!
Steh' ich gut so? Sag' mal!"

" Sollen wir alle zur gleichen Zeit werfen? Hä, was?"

Kurze Zeit bekomme ich
meine Frauen FAST
unter Kontrolle.
Jetzt ist der Spaßfaktor
wieder zu groß -
und es entstehen
diese einmaligen
Fotos.
Würden alle auf das
hören, was ich sage,
wäre niemals dieser
"Engel am Strand"
vor meine Linse
gelaufen.

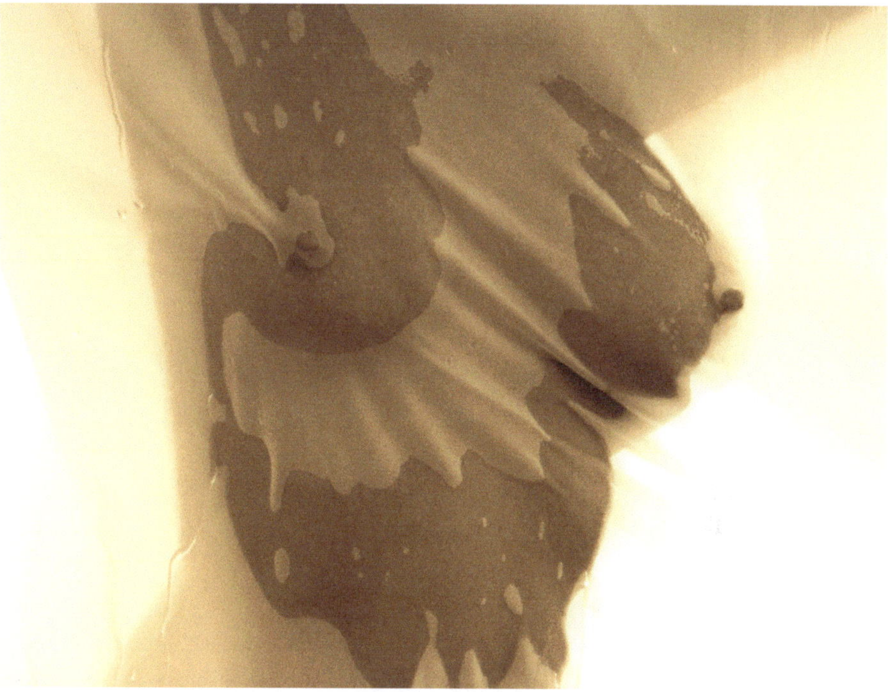

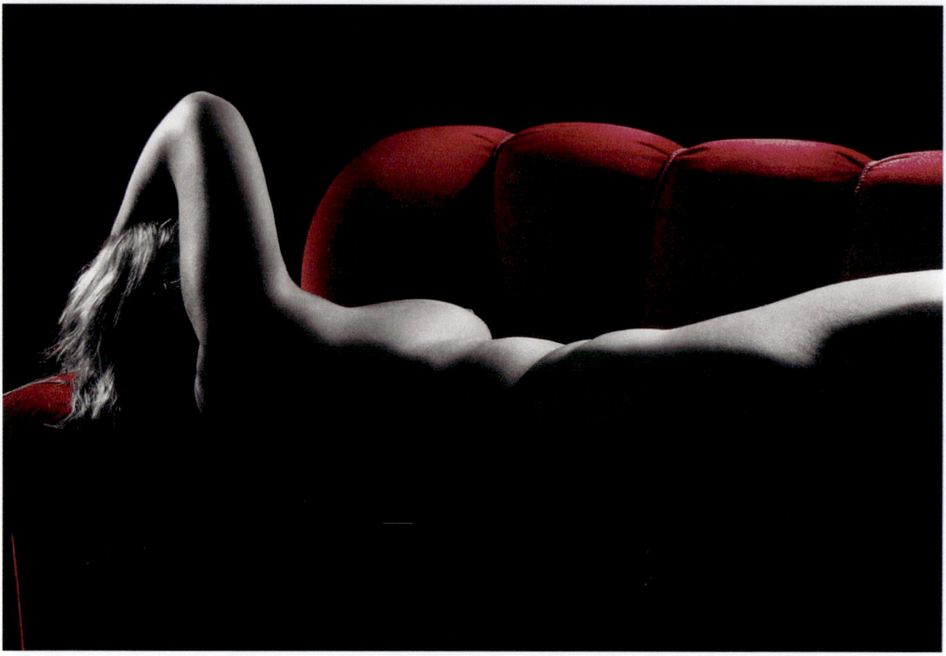

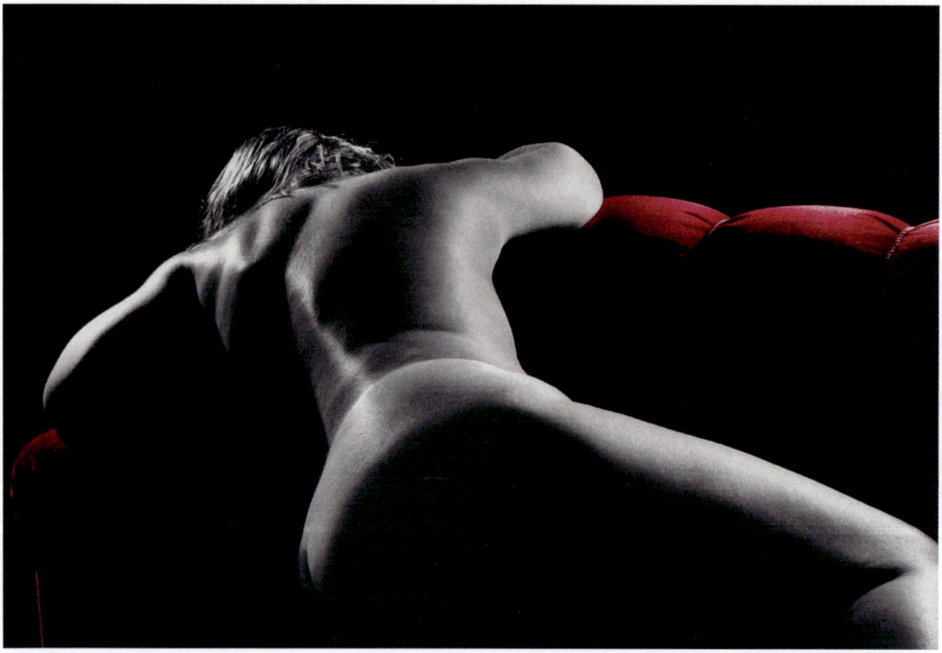

Geniessen wir die morgendliche Stimmung.

Ich hoffe, dass unser nächstes gemeinsames "Shooting"
nicht erst auf Mallorca stattfindet!
Wie wäre es zum Karneval in Bremen im Februar?
Dann ist es zwar etwas kühl - aber, wie Ihr wißt, strafft
die Kälte die Haut und macht "Energie".
Vielleicht haben wir auch Glück. Jemand liest diese Zeilen;
kennt jemanden; der hat eine Fabrik mit Fließbändern
oder eine alte Gemeinschaftsdusche ohne Abtrennungen,
oder ein leeres Schwimmbad.. Oder, oder, oder ....
Über den Dächern von Bremen mit meinen Supermodellen;
in der Strassenbahn, in einer Stahlschmiede, auf einem
Containerschiff...Bauernhof...
Es gibt tausende von Orten, an denen wir uns mit viel
Spaß inszenieren können.
Die Umgebung ist wichtig - die Gruppendynamik ist
wichtiger. Ich möchte nicht, dass Ihr perfekt seid (wie
langweilig). Bitte, hört auch in Zukunft nicht so genau
auf das, was ich sage. Was ich diese schönen und
einzigartigen Fotos brauche, sind Frauen mit Lebens-
lust und Freude am Spiel.

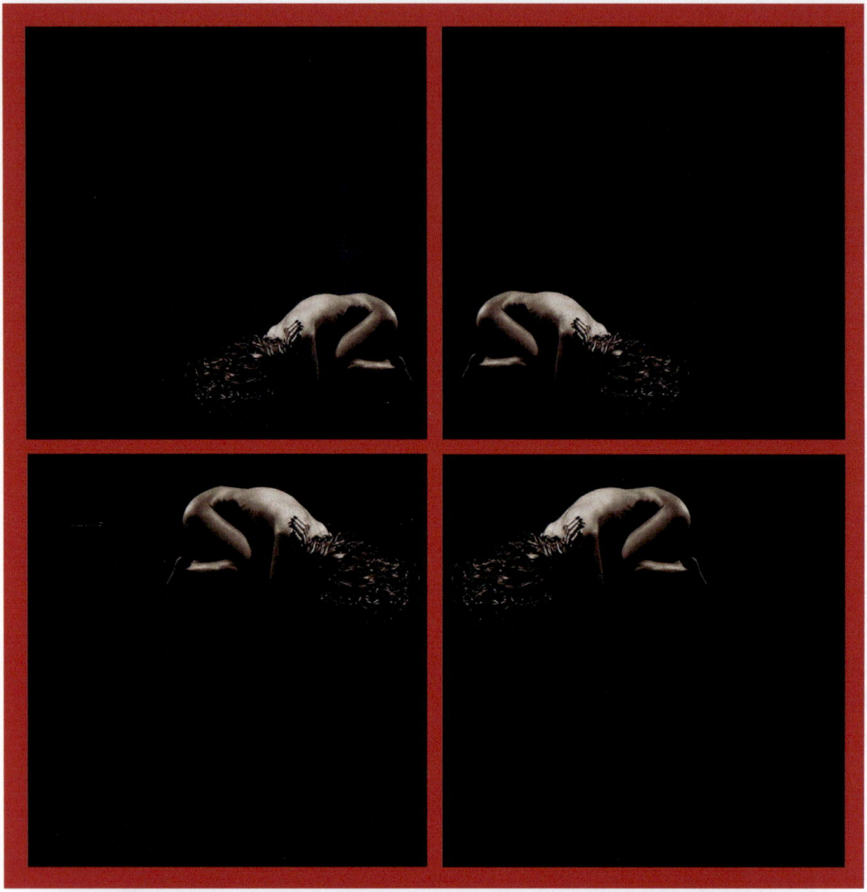

Danke an alle Mitautorinnen!
Jetzt können alle sehen und lesen:
Ihr seid nicht nur talentierte Modelle.
Wenn jetzt noch jemand behauptet:
schöne Frauen haben nicht viel im Kopf...
Der kennt Euch nicht:
SCHÖN und INTELLIGENT
und KREATIV.
Ich bin begeistert von Euren Beiträgen.
Alleine mit meinen Texten hätte es nur
für einen Bildband gereicht.

Herstellung und Verlag:
Books on Demand GmbH, Norderstedt
ISBN 978-3-8391-3705-5